KB153492

사랑이 무엇일까요

poetic paper 2

사랑이 무엇일까요

QUE SIGNIFIE L'AMOUR?

글 김은비 그림 카와요니

별책부록

프롤로그

이 시대 넘쳐나는 사랑 이야기만으로는
결핍된 낭만을 채울 수 없어요.
실재하는 삶에서 찾을 수 없었던 의미는 분명
추상적이고 관념적인 것들 안에 있으며,
깊은 통찰 끝에 구체화된 사랑은 우리를
살아가게 하는 힘을 가질 거예요.

7

많은 것들이 변했을 거야.
지식을 위한 독서는 싫증이 났고
예전처럼 장난기가 많지도 않아.
내리는 비에 일부러 온몸을 내던지지도 않지만
나는 여전히 소매가 긴 옷이 좋더라.

2

가엾은 마음은 이 낱장의 종이에서나 영원할 뿐

현실에서는 시침 속에서 매번 죽어 가는데

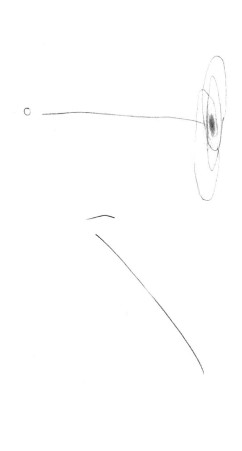

3

우리의 사랑은 단지 젊음 안에 종속된

찬란함일까?

4

처량한 사람들이 너무 좋아

아무리 사랑해도 떡볶이 사 먹을 돈조차 없다면

비참하겠지만 말이야

그래도 약간의 결핍을 가진 사람이 좋아

아직 내 사랑은 떡볶이 사 먹을 돈만 있으면

된단 말이야

5

날짜 없는 편지처럼 선명하지 않은

기억을 붙잡고

나는 오래오래 아프다.

6

좋아하는 날씨가 슬퍼질 때.

의문은 시간이 주는 독이다.

알 수 없을 때일수록 더 무모하게 저질러야 한다.

그래야만 비로소 몰랐던 것을 알게 된다.

8

누구에게나 동화 같았던 시절은 존재하고
우리는 그 순간의 낭만으로
영원을 살아갑니다.

9

잔잔한 연못 위로

빗물이 입을 맞출 때

그 파동이 너무 아름다워

이마저 각색되어 날조로 가득한 기억일까

집으로 가는 길

꽃나무가 하나 있는데

고요한 밤 아래

꽃길을 지나게 될까

싸구려 와인 한 병에 턴테이블 위로 끊임없이
엘피를 돌리면서 나는 나를 내려놓을 거야
잠깐만 밑바닥 아래에서 행복하자 걱정 마
지금 같은 순간이 영원하길 바라는 건 욕심일
테지만 종종 있길 바라는 건 불가사의가 아니야
분명 결핍이 우리를 더욱 단단하게 해줄 거야

사랑을 사랑하는 사람들은 뭐든 쉽게 중독이
되는 법이야 그래서 이른 새벽에 네 생각이 나나
봐 언젠가 네 손을 잡고 댄스홀에서 춤을 출 거야
그때는 우리 취해있지 말자 분명 너도 나처럼
흐린 날을 좋아하게 될 거야

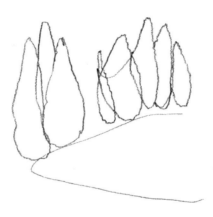

12

둘만 아는 여긴 작은 섬

오래 묵힌 바다 냄새

바람의 넓이는 커다랗고 묵직해

투명 안개 속에서도 선명한 것

사랑은 언제나 정직해

13

환승역이 있다면 나는 이 기차에서 뛰어내릴 수
있을까?

14

멀어지고 싶다가도 이내 이대로 영원히
멀어질까 두렵기도 했다.
이 마음을 이겨내야만 영원을 약속할 자격이
생기는 걸까.
언제까지 시험에 들어야만 사랑을 사랑할 수
있나.

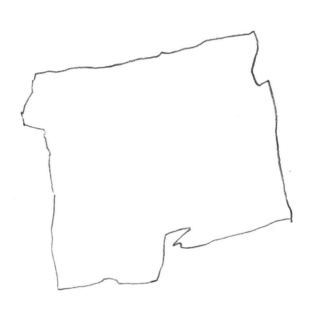

관계라는 건 나약하다.

착각으로 가까워질 수도 있고,

오해로 멀어질 수도 있는 거니까.

결국 서로가 떨어지지 않으려는

그 의지의 문제다.

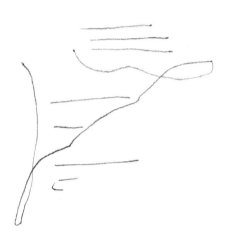

창밖에는 돌풍이 불고,

쏟아지는 장대비는 마치 화려한 폭죽음처럼

들리는데,

우리는 어째서 이토록 서로를 고요하고 평안한

얼굴로 바라보는 걸까.

잔잔한 호수 안에서도 숨이 막혀 죽을 수는

있는데.

17

사랑은 유동적인 감정이라 환경에 의해
나약해지기도 한다.

18

건조한 우리 사랑에 비를 내리실 거야.

상대는 자기 능력 밖에 일은 하지 않는 것
같은데, 나만 우리 사랑을 지키려 애를 쓰는
기분이 들었다. 그게 화가 났다. 잘못된 사랑의
발현이다. 난 정말 사랑밖에 모르는 주제에
사랑을 더럽게도 못해.

나만 보는 연애를 했다. 내가 주는 사랑에만
집중을 했고, 단 한 번도 상대가 내게 주는
사랑의 형태에 집중했던 적이 없었음을
깨달았다.
왜 나는 헤어진 뒤에야 어떤 사람에게 어떤
사랑을 받았었는지 떠올릴까? 앞서는 마음만을
사랑으로 자부하던 나의 과거는 이미 들켜버린
오점이다.

오늘의 질문:

사랑은 언제부터 하트가 된 걸까?

애정이 깊어지면 상대에게 의존하는 모습을
당연한 모습이라고 할 수도 있지만 나는 사실
이 페이스를 조절하는 게 진짜라고 생각한다.
관계를 위할 줄 알고, 상대를 사랑한다면, 적당한
조절을 통해 사랑의 증폭을 만들어내야 한다.
그렇지 않으면 사랑의 습성이 사랑을 망치고야
만다.

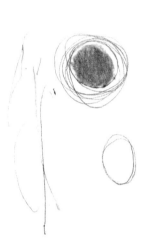

23

크게 노력하지 않아도 너를 사랑할 수
있었던 날들
네가 아니었어도 가능했을 일이다.
그러나 강렬했던 순간이 지나고 세월이 쌓아
만든 강한 믿음
처음과 같지는 않아도
우리도 계속 사랑할 수 있어.
어쩌면 이런 게 바로 사랑일 수 있어.

24

잠깐만 나와 보라는 말에 따라 나갔더니
가방 깊숙한 곳에서 꽃다발을 꺼내 내게 건넨다.
향이 진한 라일락.
이건 영원한 사랑이야.
귓가에 꽃말을 속삭인 탓에 귀도 마음도
간지럽다.
아, 젊은 날에 약속한 영원한 사랑.

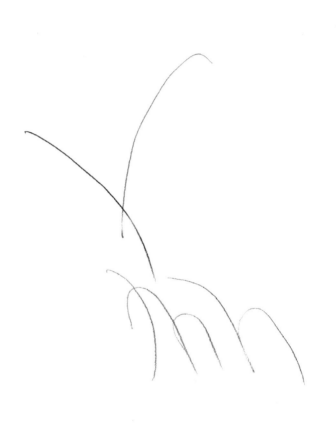

25

당신이 나에게 보여주는 사랑은 점점 거대하고
깊어.
그 안에 영원히 파묻히고 싶어.
big big love!

26

계절이 너무 아름다워 물든 낙엽이 바닥에
쌓이는데
우린 그걸 또 짓밟고 앞으로 걸어간다.
과거가 돼버린 기억은 아무리 붉어도 이내
시들고 말겠지.
나는 지금 네게 매혹적인 장미가 될 수 있지만
시간이 흐른 뒤엔 나이테를 두른 나무가 될 수
있겠지.
그렇게 계속해서 사랑으로 걸어갈 수 있겠지.

설렘은 나를 메마르게 하고 안정감은 나를

살찌게 해

28

되돌릴 필요가 없으니 되돌리지 않고 있는
것이다.
설령 그것이 치명적인 실수였다고 해도
그것조차 나였으니까.

29

나는 이제 천국으로 가는 직행열차를 탈 거야.

사랑은 천국에서 시작해

지상으로 내려와

결국에는 지옥에서 끝날 거야

나는 그냥 사랑이 최고라고 말하고 싶다. 믿음이
나약해지고 신뢰가 무너지는 순간마저도 사랑이
최고라고 말하고 싶다.

칼날을 겨누듯 모진 말을 뱉었던 상대의
머쓱하고도 부족한 그 사과를 그냥 받아주고
싶다. 내게 달려온 상대를 뜨겁게 안아주고,
키스하고, 이 모든 장난의 끝은 침대이고 싶다.

외롭고 고독한 순간마저도 그래도 사랑이 있어
다행이었다 말하고 싶다.

32

사랑에는 결코 모양이나 형태가 없다.
나의 시선과 마음의 상태만이 그 사랑에 형태를
만들어낸다.
사랑이 언제나 최고가 되려면 곧은 믿음으로
사랑을 규정하거나 단정 짓지 않아야 한다.

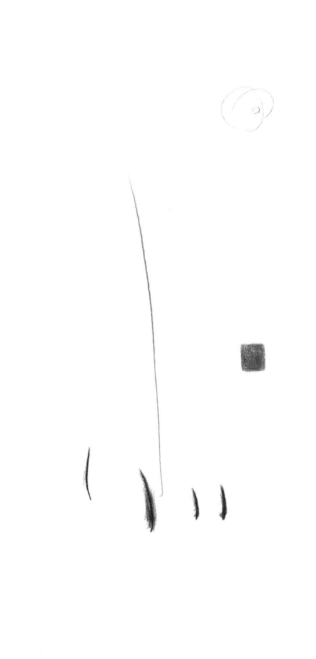

33

우리는 천국에 갈 수 없겠지만 대신 사랑을
할 수는 있겠지

QUE SIGNIFIE L'AMOUR?

사랑이 무엇일까요

초판 1쇄 발행 2019년 6월 20일
초판 2쇄 발행 2023년 3월 31일

글 / 김은비
그림 / 카와요니

펴낸이 / 차승현
디자인 / 이민영
인쇄 / 상지사

펴낸곳 / 별책부록
출판등록 / 제2016-000027호
주소 / 서울 용산구 신흥로16길 7, 1층
전화 / 070-5103-0341
홈페이지 / www.byeolcheck.kr
이메일 / byeolcheck@gmail.com